歌集

あおむけの踊り場であおむけ

椛沢知世

もくじ

切り株の上　4
食物網　12
スムージー　19
身体の動かせるところ　27
浮石　31
ノウゼンカズラ　40
覆土　65

べにひかり　71
紙と皮　83
暗くなる前に日が暮れるだろう　87
あとがき　126

あおむけの踊り場であおむけ

椛沢知世

切り株の上

切り株の上に木があるように抱く　望まなくても夕暮れる空

自転車のブレーキ音に蟬が止む洗濯物がもうなまぬるい

散らばったかばんの中身の手鏡に映るわたしのものとわかる手

彼岸花のにおいを嗅いだことがない五秒間だけ目を閉じて行く

誰にも会いたくないと思う日に冷凍エビをそのまま剥いた

水着から砂がこぼれる昨年の砂がこぼれて手首をつたう

テーブルにこぼれた菓子くず押しつけて拾う親指拇印のような

冬晴れの小さな墓地を取り囲むペットボトルの冷たいひかり

雪虫に白い吐息を　思い出すときにささやく羽音がする

好きでいるまだ好きでいるカステラのまぶしいところをちぎって食べる

ホチキスの針をはずした穴に指、穴に指　指先が足りない

金柑の甘露煮ふくむ舌だけでつぶせる今日をしっかりと嚙む

椅子に乗りあかりを替えるてのひらにおしまいの熱押しつけながら

あけがたの羽毛布団で聞いている水の細くてながくてうがい

冬の肘のかさつきに似た陽を浴びて広場の鳩にパンくずをやる

食物網

人々になるとき人は火を囲む顔でその火に近づいていく

走ろうとしている足に追いついて胸に雀が胸をふるわす

ごみ箱の溢れたごみをごみで押す潰れる音とはねかえる音

飲みかけのビールを流しに捨ててゆく　いいなあ、東京好きな友だち

歯科医院で口をゆすいだときの味込みあげてまだらに染まる道

通過する電車の進行方向と逆に吹いてる風　まっぷたつ

焼き魚の小骨をはずす　胸の奥を踏んでは消える螺旋階段

寝る前にスマートフォンを手にとって好みな顔の光を浴びる

ベランダのすずめに続きうっとりと飛び立ちそうな睫毛をこする

笑っても遅いよポテトチップスの袋を揺すり開けてこぼさない

鍵を差し込んで力を入れていれば痛くないぼたぼた雪が降る

夕暮れに蝶々がばらばらになる　わたしがさせたように手を振る

手のひらを水面に重ね吸い付いてくる水　つかめばすり抜ける水

あたらしいぬいぐるみに名前をつけるつけないことも、ある　ありふれる

スムージー

泣きやんで乾いた口の中に犬が横切る落ち葉の吹き溜まり

しゃっくりが胸から指へつたわって　でもいちじくはくずれゆくもの

靴紐を結びなおした指先に紐の感触ほどけたままの

新宿で見かけたことのあるねずみ元気かな　いい天気だな

うたたねの妹の口があいている飴を食べるか聞くとうなずく

ふりかけをかければ風に舞いあがり花びらになる　見送るばかり

沈丁花濃く立ち込める胸元にかりんとりんと氷を落とす

雷を窓ガラスごと見てしまう四角く腕をかためた私

顔を洗うときの背中のまるさからこぼれたような朝陽だ、春だ

鳩の顔鳩の首なだらかに照りああ一日が終わってしまう

温泉の素を注いでかき混ぜてすっと見えなくなる底を押す

おかえりと犬のしっぽがふくらます春の風船はちきれそうな

透明な水をたっぷり飲んでやる夢に身体が起きられるよう

寄ってきた雀の顔をからだごと見ているパンをちぎって投げる

プチトマトの湯剝きすっごくあっけない　消したりつけたりする換気扇

四季のある空き地にショベルカーがいてなんかヒーローのポーズをしたい

身体の動かせるところ

鼻の奥をこつこつノックされて雨　雨をつたって雨を見上げる

散歩道　ポストに花びら吸い込まれ犬とのあいだに身体をいれる

久しぶりのピアノに指は踏みはずしその踊り場で歌う妹

お昼ごはんを食べずに飲んだコーヒーがしみゆく身体をねじってる

わるぐちとぐちの違いがわからない　鳩の身体に追いつく頭

できるだけ平たくなって部屋にいる　部屋を揺らしている洗濯機

頭痛からスズメがはみ出るように鳴く夏のくもりの窓のあかるさ

浮石

すこしだけのはずの昼寝は一時間　半島の海沿いの菜の花

夜の川に映る集合住宅は洗いたての髪の毛のよう

ヤッホーと言えばヤッッとこだましてこだまの欠けたところを話す

恐竜って熱いんだっけ　夏の夜に麦茶含んで口きもちいい

肩揉みの練習台になりましょう肩幅変えられなくてごめんね

銀杏の葉踏みしめられて白い道あたまのなかみたいで抱きたいな

猫のまねは恥ずかしいけど犬はできる　妹が遠吠えに加わる

コンビニでジュースを買った　紙パックにペンキ乾いたよう蜜柑の絵

いいよね、ホームセンター犬連れて行けるし屋上にも入れるし

固まった肩まわりを大きく回すべこべこ　柿がべこべこ落ちる

あくびして妹にあくびが移る喉をとおったような夕焼け

歩道橋は夢だから夜に駆け上がる冷えピタみたいにきらきらしてる

透けるより映ってしまう川だった　氾濫、すぐ見に行くね

夕暮れに小鳥にかわる妹の楽譜に浮かぶ妹の文字

雪虫が髪にからまりとれなくて前のめり前のめりに走る

妹が髪を切っても気づかない　あたまむしあたまのなかにくる

指のさきまでからっぽで夜だったストローを折り曲げて結んだ

冬の朝の布団かぶってまざり合う犬とわたしの二酸化炭素

ノウゼンカズラ

腕を真っ赤にふくらまさせた蚊見えなくて妹が落書きにしてくれる

剥いているバナナに犬がやってきておすわりをする　正面にまわる

ノースリーブ着てると窓開いてるみたい　近づいてカーテンにくるまる

夏の大セールで買った妹はセーター厚地のヒツジの柄の

見つめれば犬の瞳におさまって手のひらから肘舐められていく

雨音に混ざる鋏の音たどり妹の猫背前髪を切る

透視したみたいに廊下が続いてる扇風機の前で目を開けていると

紫陽花の葉ばかりみどり街灯はＬＥＤ関係ないけれど

今日夜道あかるく見えて妹と背中合わせでいると思った

身長は五センチ差　足は一センチ　あいだに犬は入り込めない

サンダルに履き替えてゴミ捨てに行く夜風に靴下が大きくなる

眠るのを引き留める手が髪を撫でわたしのあたまにある後頭部

目薬がしみてぼやける妹を抜け出たように犬が出てくる

公園につぶしていない蟻ばかり　妹たちといればわたしが

コーヒーにミルクを注ぐ犬の眼の白濁のんで交換しましょ

ぬいぐるみの綿の片寄り整えて遅れて苦しくなるいやな身体

ラベンダーテイストのアイスクリームを食べるベランダに続く窓辺で

眼を閉じる力なく眠る犬に沿う川より短いわたしの身体

ポニーテールをしようと寄せて髪の束つかんだ子どもの手首くらいの

パプリカのかびた部分をえぐり捨て閃輝暗点さわられている

頭からシャワーを浴びているときに廃品回収車の声がする

食べる?って聞かれて断る麦チョコは一緒にあつめた乳歯のかたち

アパートに吊るされているＣＤに映る顔するわたしなのかも

手に引かれなくても犬はついてきて走って追い越して振り返る

垂れ下がるゴム手袋の夜を抜け朝に戻るとノウゼンカズラ

いちじくをつつむ両手は上まぶた下まぶたどうぶつの老いた瞳の

コンビニがなくなって一ヶ月後に取り壊されてるビル汗が出る

鍋のなかの生のトマトとトマト缶ろうそくの火のよう汗が出る

妹の笑う顔から手のひらがとんとんとんとん眼鏡をはずす

犬のめやにぬぐった指を拭きとってわたしの顔に化粧している

犬の骨を犬のようにしゃぶりたいと妹の骨にも思うだろう

よなかおどりつかれてとおい鳥の声さがすすみずみまで影法師

歯磨きの口の隙間に覗く森うがいをしても生きものは来ず

伸ばすほど腕は蛍光灯のよう窓の外から眩しんで見る

ヘアブラシのピンをはずして汚れてる手のひらみたいだれの手のひら

割ったあとの卵の殻のみぎひだり　妹の笑窪のみぎひだり

冷えた手で布団引き寄せ最近はサラダになりそうな夢ばかり

鉄棒で膝をかかえて回ったらひとときき骨が吹き抜けになる

いっせいに腹這いに金木犀が来るよ来る風に道を曲がれば

猫パンチ犬パンチテディベアパンチ　なんでわたしは無事なんだろう

妹の寝ぐせは夜中下敷きで擦り続けていた手が消えて

明太子を夜にほぐしていけば　ほう　ほうと灯って　全部火を通す

眠たくて起きてれないのに起きていて白みはじめた舌に雪が降る

るるるるる雪うさぎってるるるるる溶けたら赤い目を食べたげる

ダンボールに親指がめり込んで開く音が目かくしとれたみたいに

胸の模様きれいに見えるTシャツのたたみ方だと思う　新月

椅子の上でバタ足をしてテレビ見て妹が来て横に座った

近づくと鳩は歩いてから飛んだ　ずっと同じ　目を閉じても同じ

冷水で顔を洗えば両開きの扉が開く　顔が濡れてる

覆土

すごくねむいいまはしずかな台風の夜に食べてるソフトクリーム

何もないきれいな床に寝ころんで座って万華鏡のひとつぶ

黒いひだととのえ黒い傘にするたたむと重い折り畳み傘

立ったまま布団を上から覗き込む　東京タワー見たことがある

真夏日が夜まで続いている夜にしぼって詰め替えているシャンプー

帽子だけ残って鳩がいなかった　鳩はもう夜だからだと思う

駐車場に朝からあった一台の車ケーキの苺のように

電灯に向かってセロハンテープ引き出して真夜中の電話みたい

そういえば定食屋さんもうないねと言われるまではたしかにあった

あっけなく塩をこぼしたその上を素足で歩く　生まれてみたい

親指の爪のはじ引っ掻いてささくれにする　鉢を買った日

べにひかり

洗濯機を開けて冷蔵庫を開けてざらざら洗う鶏卵一つ

わたしむかし案山子を見たら会釈して数時間スキップしなかった

つぼみ伸びるつるばら伸びる椅子の背を寄せて座って花が咲くまで

三度目のチャイム　居留守の目を開けてガラスのテーブルに手をのせる

遠ざかるさっきまで会っていた人に水をかけたくなって手を振る

今が旬のセロリぐらいのスピードで走れると思った春の風

雑草を抜いて道路に投げ出して続いて横になりたいよい天気

喋りすぎて冷めた紅茶のような空ベランダの手すりに寄りかかる

暗いままスマホをつけて目に光吸い寄せるちょうちょうみたいな目

朝の陽をまっすぐに浴びて裏起毛が透けて見えているテニスコートに

めがさめてしめった布団から部屋がはなれていくゆっくりとだんだん

鏡から飴玉を取り出してくれたみたいに盆踊りの夏祭

うたたねのあとの砂漠に浮かんでる一昨日の妹のこんばんは

捩れている一着ずつハンガーにかけわたしが上半身下半身

後ろからわたしをよじのぼろうとする入道雲　肩に息を吐いて

朝は外のくしゃみが響く　カーテンを摑んで窓と同時に開ける

肩に影かける街路樹　白い犬を灯して歩いている人がいた

ノックして空いているかを確かめるみたいに晴れながら降っている

雪の溶けた家に入ってあたたかいお茶を飲む大きなマグカップ

おなかすいてないのにおなかが鳴っている椿を思い浮かべて落とす

東西線の終着駅は夕焼けが駅のホームを引き伸ばし　乗る

スパンコールのトレーナー着るこの部屋のちりやほこりの一部は皮膚で

走り出すポケットに弾む乾燥剤　ピンクの座敷童と思う

満開の蕎麦の花を見た１００人のウェーブ夜毎に大きくなって

紙と皮

人のあしあとを選んで雪のうえ歩く　たいやき食べたいの夜

ぬいぐるみを増やした　洗濯機のなかに全部まだこれから入るから

線路沿いの菜の花を植えたのは腕　わたしが眠るあいだにうごく
近づくと鏡にでかくなる顔を雨に濡らして濡れて帰った

ペーパードライバー講習のサイト見て紙石鹸を買った、牛の絵の

木の幹の皮を押し上げて樹液が出る　そとへそとへ街灯がつづいて

ゲームしてタップとかスクロールとかまいにちまいにち半袖のうで

暗くなる前に日が暮れるだろう
自販機の横にまっすぐ立つ人が夜になったら光りそうだった
ぴったりと背中をつけた電柱にまだ一人背中をつけられる

公園の向こうに月が光っていて公園は街灯で明るい

ビニールシートたたんでいくと最後にはひとりの腕に　水をとりだす

グミ一袋食べて断った約束がギャザーを均等に寄せていく

テーブルにこぼした水がこぼれ落ちもう半分をわたしが飲んだ

両脇に露店を抱え過ぎてゆくみたい車窓に躑躅の道は

起き上がるまでのアラーム一つずつ消して朝から降る天気雨

浮き玉の連なりに網が伸びとても届かない手をぶら下げている

歩きつつ小石落として一つ二つ三つに振り返ったら０に

ばらが咲きあじさいが咲きぞくぞくと今は背中がないような私

履き口がゴムのパジャマに着替えたら三角コーナーを片付ける

誤って部屋に入ってきた蠅にわたしごと仰向けのぬいぐるみ

八の日の夏の肉屋の行列の二の腕にぶつからないように

眠れずに重たいあたまのような桃　スーパーで選んだときからだった

坂に火をころがすような雷鳴が止んでわたしの両手空いてる

レシートは貰われず捨てられるまでだんだん暗いこの箱のなか

つまさきが引かれるように暗くなる部屋の明かりに垂れ下がる紐

川がにおう　水風船をつきながら歩く川べりは誰のうわごと

汗を引きずる声を引きずる　むしめがね　あればと百均で買っていた

あたまのうえの誘蛾灯に集まった一匹いっぴきの目鼻立ち

引き出しの少し開いてるところから引っ張って取り出したくつした

人差し指握って離す　握られてできたみたいなゆびのいでたち

釣り人を数えつつつつないでいくとあまりに食べた身体のようで

耳に水つまったままで皮をたべ串を捨てる　月が出ている

めをとじてまぶたをさわるやわらかさ屋根裏に友だちがいるよう

綱引きの綱を引くように蟬が鳴く　地下化が予定されてる電車

サイダーの気泡が抜けて手に力抜けてすこしを腕にながした

ちゅいちゅいよさんさん見たことあるけれど目には見えないくらいの小雨

ねむたいまま走る　走れば走るぶん棘の荊の花の咲く道

目に力入れて拾ったどんぐりが手のひらいっぱいに軽かった

鼻をすする音がきこえるからどこか窓が開いたまま暗い部屋

にんにくを握って歩くぼんやりと曇っても月が大きい夜に

地下化工事のためにひらけた駅前は身体のなかをなくしたみたい

足腰を鍛えなくてはフリースのくったり濡れたのを干してから

観覧車を真下から見上げるように食い込んでスーパーの袋は

冬のよく晴れながら苦いコーヒーに氷を落とす　すこしずつ昼

河原のある川まで電車を乗り継いで空のプールの屋上を見た

駅を出た影はアスファルトに濡れてわたしはなんのために髪を切る

冷やご飯嚙んでつめたい東京の窓の外にはすぐ窓の外

ほたて買う　わたしを底に沈めたら小銭集めた明るさだから

眠気のなか青い身体が詰まってる　バケツの水に落とした花火

石がひらく力で花が咲いているかもしれず白飛びに写ってる

おから食べながら映画に住んでいたことのある町のこの二年

雨粒が真横にながれる窓いつか練習をしたクイックターン

とうがんは夏の食べものじゃないように思う　視力をマイナスで知る

持ち手のない紙袋を日よけにつかみここの線路もはずされていく

月影はわたしに続いているけれど川に出る　川に映ってる月

朝の駅に誰も話していないのに魚群のような声が　誰か

ラジオでは冬でもラジオ体操が流れる　りんごの赤いかたまり

とりかえる途中のように並んでる背中にバスの列をはずれた

はちみつを逆さに垂れるのを待った　影はゆっくりうごいてほしい

みょうが切っているときの食べているような　更地になっても立ってるような

春に日がのびてサンダル履きたいと思ってから靴先に陽が差す

交差点を行き交う足を寄せ集め抱き抱える　わたしの睡魔

咀嚼音　太い日なたのなかにいて噴水にベンチに咀嚼する

音楽堂の横に生えてるねこじゃらし吹き消す　消えないからここは外

公園に名前の書かれた箱がありそこにしゃがんでいいとわかった

糸の先を舐めると鉄の味もする鮮やかにピンクのネジリバナ

ドアノブを白鳥ボートのようにさわる　めがねをはずしたあとの

水晶があればわたしはそのなかであくびしてわたしを出すだろう

からっぽの水がたまっていく部屋をゆらゆらと回収日の日まで

まえはよく出ていた蜘蛛がぶら下がり目の前に息を吹きかけていた

かたまった塩をほぐして月が照る　手繰り寄せられそうな気がする

思いっきりぶつけた脛の残像が新宿の夜のクレープ屋さん

首から下、腰から上が回ってるうしろまえを着たまま直すとき

寝落ちした足から脱げた片方のくつした　春ですね　分厚いね

缶しるこを飲んで待ってたバスが来た　だからかもしれない夢に出る

ひねりつぶした卵パックが戻ってる　朝だよ　顔をうごかして朝

急に日が差して腕組みした腕を草をはずしていくように見る

眠ってるあいだに喋る　賽の目に切った豆腐が鍋のなかへ

藤の花をずらして出入りする蜂がまだ日が暮れるまえに飛び立つ

てれわらいてれわらい　夢かと思う　ひかりとかげに人々がいて

気づかずに全力で天気の話してきた　電車で人と眠った

晴れた日の石の上には亀がいた　折り紙ひろげたように忘れる

目が慣れて鏡に映っているわたし停電の時間が過ぎてゆく

夜になってずっと暑くてフラフープみたいに桃がひろがるにおい

あとがき

第一歌集『あおむけの踊り場であおむけ』は、２０２３年夏までに制作した約２５０首で構成されている。

２０２３年初旬ごろ、これまでのことを私は考えていた。私は実作者として世界を見ているようで私ばかりを見ていて、それは私が私自身を理解する過程として必要だった。そして短歌を実作するだけでは飽き足らず、発表すると同時に、私には少しでも多くの人に読まれたい希求があった。私から手放されて、私のとは別のところに私の短歌があり、ときどき感想がある。そのころ、感想を運よく確認できた私は、読まれたという事実で満たされ、しかし私が満たされるのは一瞬だった。すぐに元の、少しでも多くの人に読まれたいという希求に戻る。

それでも私には、いつか私が創り出したい〈椛沢知世の短歌〉の理想像がある。けれど、そのことに気づいてはいながら、理想像については、ぼんやりとしか見ていなかった。短歌より先に言葉にすることを避けてきていた。それは作歌する過程のためであり、そうやって短歌を作ることは楽しかった。今も、だいたいは「ではない」という否定形でしか判別できていない。今のところ、私は関心を私自身への執着か

ら一首へ、短歌の方へ移していて、そして視えている先に重心がある。理想像の実体が「ある」状態に向けて、到達や更新を進めていく練磨を始めている。

　これまで私は、多くの短歌を享受してきたと自認していて、それぞれに感想を抱いたり、感動したりしてきた。同時に、実作するにあたっては影響を受けることへの恐怖があったことにも気がついた。私が影響を与えることも、奪われることも怖かった。それには驕りがあるとも思う。けれど、もはや私のなかに引きこもることはできない。私からも〈椛沢知世の短歌〉で意味づけを提示したいと、今は思っている。

　最後になりましたが、歌集制作に際し、栞を寄せてくださった第４回笹井宏之賞選考委員の皆様、編集の藤枝大様、装丁の成原亜美様、装画の millitsuka 様にお礼申し上げます。

椛沢知世

２０２４年６月４日

■著者略歴

椛沢知世（かばさわ・ともよ）

1988年東京都生まれ。「塔」短歌会所属。2016年、作歌を始める。
第4回笹井宏之賞大賞受賞。第30回歌壇賞次席。

塔21世紀叢書第445篇

歌集　あおむけの踊《おど》り場《ば》であおむけ

二〇二四年七月六日　第一版第一刷発行

著者　椛沢知世
発行者　池田雪
発行所　株式会社 書肆侃侃房（しょしかんかんぼう）
〒810-0041
福岡市中央区大名2-8-18-501
TEL 092-735-2802
FAX 092-735-2792
http://www.kankanbou.com　info@kankanbou.com

装幀　成原亜美（成原デザイン事務所）
装画　millitsuka
編集　藤枝大
DTP　黒木留実
印刷・製本　モリモト印刷株式会社

ISBN978-4-86385-628-8 C0092